歌集

202X

藤原龍一郎

六花書林

202X＊目次

I

II

Ⅲ

装幀　真田幸治

2
0
2
X

I

２０２０　この世界は笑いながら終る

夜は千の目をもち千の目に監視されて生き継ぐ昨日から今日

明日あらば明日とはいえど密告者街に潜みて潜みて溢れ

宰相は言葉を持たず君臨すかく愚かなる世界の仕組み

愚者はいま愚者の傲りの絶巓に身をそらしつつ　ああ光あれ！

詩人こそ抵抗の贄かにかくにレジスタンスの武器ぞ雨傘

その臭気耐えがたきまで世にみちて憲兵のイヌ特高のイヌ

戦争は正義！公共放送の告げる戦況いつも優勢

戦死者は映らぬゆえの清潔な戦争さらば名誉の戦死

政府広報メール届きて「議事録ヲ修正スル簡単ナオ仕事デス」です

勤労ノ果テノ至福ノ快楽ノ「八紘一宇体操ハジメ！！！」

さなきだに無敵モードは成立しパノプティコンは呪文にあらず
パノプティコン＝権力が支配される側を「自己規制させる技術」

東京愛国五輪「日本ガマタ勝ッタ！」この永遠の戒厳令下

愚者の方舟

あの頃の未来としての今日明日や赤茄子腐れたる今日明日や

愚かなる宰相Aを選びたるこの美しき国、草生す屍

詩歌書く行為といえど監視され肩越しにほら、大鴉が覗く

ヒコクミンテキコウイデス！　警告の３Ｄ文字浮かぶ画面ぞ

密告を奨励したる広告の密告成金なる一家族

地下酒場「愚愚」にはロシア民謡の「カチューシャ」歌うロボット少女

月光がそそぐ狂気を享けとめて老いたるパルチザンの勇姿よ

子を乗せて軍歌にあわせ上下する回転木馬　軍馬還らず

くり返す愚行醜行自主規制せしかメディアはアキラ１００％

愚者の方舟――暗喩ならざる荒涼の国、汚染せる山河よ永久に

亡國

春寒のこのニッポンに数限りなき魍魎が悪徳をなす

総統の妄執として腐乱する優性思想なるジギタリス

愛国をネットに書けばあらわれる病み蒼ざめた首なしの騎士

トリックスター上西小百合つぶやけば夜明けは近い　もっと腐臭を！

パソコンの起動音こそ恩寵ぞ「日本脱出！」したし今こそ

街路樹は沈む夕陽にいくたびも身を染めながら瀕死を告げる

「美しき国」「日本死ね！」卑語猥語まきちらすべしネットの闇に

陳腐なる比喩として今日闇ふかき戒厳令の夜を鵺が鳴く

あるいはラストバタリオンなれニッポンに軍歌をうたう少女少年

愚かなる宰相ありて知性なく徳なくそして國亡びき、と

悪霊

総統はコカインの香をただよわせ釈迢空のような痣・痣

街路樹に黒き鴉が密集す愚者の陰謀論を笑えば

それからはネコにルンバに監視されイヌにスマホに密告されよ

過労死の心霊もいるスポットと呪縛うれしき新国立競技場

聖火台へはしるランナーその背後死霊悪霊悪霊死霊

世界終末時計はすすむ酷熱の五輪寒雨の学徒出陣

メダリスト表彰台ににこやかに線量計は鳴りやまざれど

東京の五輪の夏の鎮魂の花火、花火の果てての ち闇

総統は「おほみづからは出でまさね」――最前線の腐肉の腐臭

駅前にアイドルならび声そろえ「千人針にご協力くださーい!!!」

荒鷲にあらずワラワシ隊にしてマツモトヒトシ佐官待遇

カジノにはジャックポットが連発し銃後に竹の花咲き乱れ

「手と足をもいだ丸太にしてかへし」台場、横浜カジノ綺羅綺羅

総統と総統の妻吊るされる　夢、夢にまでノイズがひどい

赤紙の来る明日《あした》こそ身の誉れ敷島の　ゆきゆきて、壇蜜

デスペレート

ニッポンの思考停止や終電の銀の車体に夜の雨降る

やむ気配なき夜の雨に紫陽花は蒼白になりたり蒼白に

蒸し暑く寝苦しき夜を紫陽花は腐爛す三権分立のごと

湿度80パーセント超え駅前の書店にヘイト本あふれたり

不起訴不起訴とニュースは告げるニッポンのロゴスとはかく虚しき光

大魔神ならざれば起つことなきか音楽室のバッハのトルソ

見棄てられたる冥暗や沖縄に移り住みたり松野大介

宰相の虚言氾濫星流れノストラダムスの終末は来よ

蜂蜜を紅茶に垂らし甘すぎるビジネス右翼こそ撃つべきを

デモの声官邸裏に響きたり蒼ざめた馬あらわるるべし

ドイツ国会議事堂炎上そののちの真っ暗闇のアカウント凍結

東京スカイツリーは梅雨の闇に浮き電波を放つ「ノゾミヲステヨ」

まつろわぬ

テレビには「ミサイル避難」のＣＭが流れて無為に朽ちる紫陽花

無花果も桃も腐りて改憲の発議の秋を荒れよ！荒れるや！

天皇を、否!愚かなる総統を撃たねばならぬ　撃てよ!ヤマザキ!

官邸の闇にてビッグ・ブラザーの指示あり官房長官の虚無

肉食の蟻が素肌を這いまわる真昼の夢や　街宣車来る

まつろわぬ民の暗喩としてひらけ酷暑の野薔薇炎天の百合

ＮＨＫ今日の見どころ「ＡＫＢ前線慰問の夕べ」始まる

一九八九年九月に私は第一歌集『夢みる頃を過ぎても』を上梓した。次の年の現代歌人協会賞の候補にもなった。しかし、受賞はならず。ちなみに受賞歌集は、水原紫苑歌集『びあんか』と辰巳泰子歌集『紅い花』。

今思えば幼稚な虚栄心だが、このあと短歌をつくり続けても、受賞歌人よりは下にランク付けされるだけだ。それが悔しかった。自分も受賞歌人と呼ばれたい。短歌研究新人賞に応募すれば、受賞歌人になれるかもしれない。よし、応募しよう！と「ラジオ・デイズ」三十首をつくった。そして、運よく受賞できた。三十八歳の新人賞。歌集を出した翌年の受賞。これは珍しがられた。

しかし、受賞して、再確認できたのは、中井英夫が創設し、中城ふみ子、寺山修司に始まる短歌研究新人賞に自分が連なれたということ。私にとっては、歌人としてのあらたな覚悟を問われる受賞となり、それは四半世紀を過ぎた現在も私の歌の根拠となっている。

キッチュ

中島歌子歌塾萩の舎訪ねたる樋口夏子の束脩幾何

妄想の印度神話の一齣に国母が頭上に火をのせ運ぶ

キュリー夫人の取り落としたるフラスコが床に砕けるスローモーション

昭和二十九年浅草常盤座のジプシー・ローズ　都市は幻影

マッドハッターの集会終り人は去り積み上げられているパイプ椅子

独逸３Ｂ骨格模型千体が踊る黄昏　ペンキ絵の富士

『民族の祭典』日本国籍のいだてん孫基禎走る走る、走る

ビッグ・ブラザーより愛をこめて

戦争は平和なり／自由は隷従なり／無知は力なり
ジョージ・オーウェル『一九八四年』

美しき日本憐れむ如くにてリンデンバウム風に戦ぐを

真夜中のタイムラインに鳩を呑む蛇の動画が流れる不快

抵抗と怒りを糧に五月蠅なす路地の路上の中上健次

反日よ！捏造よ！とぞ罵詈あふれスノーデンこそ神なり神ぞ

ぬばたまの奥崎謙三饒舌に呪詛吐き散らし　またやって来い！

歴史修正主義者の愚論聞き飽きてドリンクバーのまずき珈琲

加害責任なき棒読みの総統の戯言撃つべしわだつみの声

敷島の日本懐疑の悪疫はこの世にみちて腐臭悪臭

敗戦日ナチス擬きの軍服の一団が行く　腐爛の華や

見よ！大空をオスプレイ飛ぶ勇姿なれ敗戦日その一人カラオケ

凱旋門ついにあらざるニッポンのネットに嘲罵吐き散らす莫迦

ＡＫＢ沖縄無観客総選挙国費投入弐千八百萬圓萬歳！！！

柿落としはアキモトナニガシ演出の国策レビュー「神国不滅」

国防軍に感謝の拍手！！！「抑止力のための徴兵制度です」から

喪黒福造似のロボットが訪ね来て「オクニノタメニ応召シマセウ」

ハッナツノユウベヒタイヲヒカラセテ戦費調達生命保険

総統のかつて夢見しゲルマニア否！否！日沈む国ぞジパング

ミニチュアの「蒼龍」撃沈　航空母艦その四文字の中の母さん

大政翼賛会日本文学報国会　翼賛のその翼がウザイ

傲慢に親学を説くご乱心偽皇族と贋愛国者

紀元二千六百年幻の東京五輪！西暦弐千弐十年ああ！東京五輪

数限りなき戦死者の霊つどう五輪開会式なれ祝え！

新国立競技場のトラック喘ぎつつ夜ごと円谷幸吉走る

リーフェンシュタール『オリンピア』には栄光のナチスの至福　滅亡前の

降る雨にうなだれている向日葵やＪアラートが耳にうるさい

嫌韓本ヘイト本など蔓延りて「日本人に生まれてよかった？」

非国民、反日という千社札鳥居に貼られ楽しき国家

巷には雨ソドムには硫黄降る如くニュースが降るぞフェイクの

R・フジワラ真理省記録局勤務二重思考の成績B下

スマホ操る君の行為はすでにしてビッグ・ブラザーに監視されている

知られたくなき君の性的嗜好さえビッグ・ブラザーに把握されている

他愛なき君の反抗心などはビッグ・ブラザーに無視されている

反知性、思考停止の隷従の君はビッグ・ブラザーに愛されている

カミノクニ

日本ヨイ國、強い國、世界にカガヤクエライ國

昭和十六年国民学校初等科教科書「修身」

暗雲は祖国を覆い危機なれば国民に告ぐ「国難の秋」

「コノクニヲ　マモリヌク！」とぞ総統は叫ぶ　ダレトタタカッテイルノ？

比喩として「希望」は「深き絶望」に変質したる秋ぞジパング

神風は神の風ゆえ　神の國なるジパングにのみ吹き荒ぶ

ジパングはカミノクニなり正義なり「敵国調伏」閣議決定

半島の國を敵とし腐臭吐くラフレシアこそヘイトの花か

エレクトリカルパレードなるか大陸間弾道弾の電飾なるか

××××の土人の子らが讃えます「バンザイ！バンザイ！ジパング！バンザイ！」

オリンピック特設道路は戦闘機滑走路となる今こそ非常時

軍服のあれはジパング選手団「伸び行く国威　鍛えよ軀」

お台場の大観覧車軋みつつああ凡庸な悪、悪、悪ぞ

「全体主義の起源」なるべしスリッパでゴキブリ叩く愛国腐女子

「オカルトとナチスが好きなゴスロリの愛国少女ですＤＭ希望」

終電の中吊り広告酔眼に「徴用スベシ！有閑腐女子！」

「不都合な歴史」を誅す歴史戦ネット右翼の兵士の誉れ

改憲という暗黒の妄執をこそ撃つべしや戦げ！民草

大戦略のマップにパルチザン蜂起して即座に鎮圧されたり悲報

或る朝の目覚めの後の悲傷とて歌人十人処刑のニュース

店頭の均一本は雨に濡れ『ローザ・ルクセンブルクの手紙』

それ以後は長く冷たい冬となり凍る日夜のこのカミノクニ

II

Good Afternoon TOKYO

タリーズにて

カフェオレを飲む間にスマホ画面にはピエール瀧の動画がよぎる

エクセルシオールカフェにて

一心にパソコン画面凝視する男女女男男女男メメント・モリぞ

サンマルクカフェにて

寸刻を惜しむにあらぬ午後にして白玉パフェをたのむ傲慢

ドトールにて

タブロイド版の見出しの大文字の「国民精神総動員《ONE TEAM》」　珈琲苦し

スターバックスにて

緑色のロゴの図像はセイレーン難破船なるわが身やあわれ

コメダ珈琲店にて

読み返す『一九八四年』目の前にありてあらざるそのディストピア

プロントにて

ボオドレエルの憂鬱ぞ濃き東京のこの長き午後終らざる午後

女囚さそり

「女囚７０１号さそり」

銀幕に孤独孤絶のヒロインの凜々しき黒衣まばゆき裸身

「怨み節」懲罰房に流るるを通奏としてさそりはさそり

「女囚さそり　第41雑居房」

怨念は太棹にのせ謳われて「怨」の化身ぞ白石加代子

脱獄は自由への道　脱走し疾走しそのすべてに「否！」を

看守小松方正は股間に丸太の杭を打ち込まれ悶絶死

体制の権力のその末端の実行者なれ恥ずかしく死ね！

「女囚さそり　けもの部屋」

切断せよ！刑事の腕を！　権力の鎖としての刑事の腕ぞ！

腐臭みちるこの真夜中の下水道逃亡は血の復讐のため

国家こそ暴力装置この闇にさそりの毒のみなぎる棘を

新宿に日はまた昇る陽を浴びて女囚の群れが走る自由へ

「叛逆する者はつねに正しい！」そのテーゼ確認すべし女囚さそりに

「映画のヒロインでいちばん好きなのは誰？」と尋ねられたら「女囚さそり」と即答できる。

「女囚さそり」シリーズは繰り返しリメイクされているが、私が思い入れを深くもつのは一九七二年から一九七三年にかけて伊藤俊也監督によってつくられた三部作。梶芽衣子扮する女囚松島ナミが国家権力を象徴する刑務官や警察官僚たちから凄絶なリンチを受けながら、捨て身の反撃で復讐をなしとげる因果応報の物語。権力の暴虐に立ち向かうヒロインの凛々しさ。今こそ見直して、国家権力は悪だ！と再確認したい。

昭和三十二年

夕方になると運河に汐が満ちて、汐の香がたちこめる。そして「洲パラダイス崎」という順番に字が並んでいる洲崎パラダイスのネオンが点る。五歳の私は逃げるように洲崎弁天の境内を抜けて、走って家に帰るのだった。

材木を切る職人の肌脱ぎの汗　唐獅子の彫り物綺麗

路面より高き水面にクラゲ浮き丸太の筏泛かぶ運河は

震災も戦災も経し下町の日暮れコロッケの油がにおう

夕汐の香こそ鼻腔にせつなけれ深川平久町春の宵

材木の木屑の山を横に見てズックの踵踏みて走りき

アコーディオン弾きてくれたる男居つ洲崎弁天様の路地裏

防空壕跡地の穴に濁り水溜まりて幽霊の噂もありぬ

紙芝居、水飴売もやってくる下町小僧なる幸福は

昭和三十四年

江東区立平久小学校二年生藤原龍一郎学級委員

バラックと呼ぶべき平屋の社宅にも庭あり父がムクゲ植えたり

担任の女教師村西先生に作文褒められたりしよ　嬉し

散髪屋にて読む「少年サンデー」の「海の王子」を「スリル博士」を

東京タワー夕日に映えてそびえたち東京じゅうに電波を飛ばす

五年後に東京五輪決定し幼きナショナリズム燃やしき

同級生チノ・タケシ君イカダから運河に落ちて溺死せし夏

母子寮の三畳の部屋オカアサン泣きて棺《ひつぎ》のチノ君の死顔

ラジオから聞こえる歌に声合わせ「黒いはなびら、静かに散った」

日没の後の運河の水暗く工場の灯の映るさびしさ

父の宿題

佐賀に生れ上京を宿題となす野球少年藤原邦彦

社会人野球軍全藤倉《オール》のベンチ要員なれど勇姿ぞ

東京の本所生れの土井和子年上なれど父の花嫁

麻雀とゴルフと野球観戦の気楽なサラリーマン稼業か　父よ

後楽園球場巨人国鉄戦見つつホットドッグを父と食みしよ

定年を目前にしてＡＬＳ発症し呼吸麻痺にて逝けり

筋萎縮性側索硬化症

野球馬鹿とぞ思いおりしに父親の遺品の中の『共産党宣言』

しおかぜ橋

江東区は運河の街である。私が子供の頃、昭和三十年代前半は、東西南北至る所に運河が走っていた。私が住んでいた深川平久町あたりは、コンクリートの堤防に囲まれ、堤防に登って川面を見ると、その黒く澱んだ水面は、足元の地面よりも上にある、完全なゼロメートル地帯だった。あれから六十年近くたった現在、大半の運河は埋め立てられたり暗渠になったりして消えてしまったが、わが家の近くにはまだ東雲北運河や汐見運河がある。しおかぜ橋は十年ほど前にかけられた。汐見運河を超えて江東区の枝川と塩浜とを結んでいる。この橋があるおかげで、洲崎、東陽町にも近道で行ける。地域にとってなくてはならない橋であります。

縦横に運河ははしり右左東西南北橋は架かるを

深川の風は汐風広重の深川洲崎十万坪を吹く風

運河にも春の陽は差し警備艇わかちどり航く汽水を分けて

橋渡り北へ向かえば旧洲崎遊郭にしてそのパラダイス

立ち漕ぎの若き母親背に胸に子を負い抱き橋渡りゆく

untitled　題詠　最後の晩餐

今夜限り世界が終る終るなら食卓にこのたんぽぽのお酒を

千九百四十五年四月二十九日　総統地下壕の晩餐の野菜スープ

昭和二十年八月五日　広島の小学生太郎の食べた夕飯は何？

昭和二十年八月八日　長崎の中学生花子は銀シャリを食みしか

昭和四十五年十一月二十四日　三島由紀夫の晩餐豪華？

二千十一年三月十一日　一万八千四百四十九人の未遂の晩餐

J・G・バラード『結晶世界』

すみやかに世界は結晶しつつあり最後の缶詰分かち合いたり

春来る鬼　題詠　早春

辛夷咲くさま詳細に記述せし岡田喜秋を思う一瞬

タクシーで渡る午前の清洲橋悲哀のごとく川面のひかり

画材店ありて絵具と額縁と並びていたり無縁なれども

打合せなる曖昧な刻過ぎてエクセルシオールカフェの憂愁

コーヒーの苦味気まずく柳絮飛ぶ大陸の古都恋いぬ放恣に

因習を慈愛のごとく護持したる春来る鬼か鬼来る春か
たとえば、鯨神祀れる浜の集落を脱出せよと春が誘えば
賜物の詩こそ鴉片か蠟梅の香りが李賀の夢に染み入る

銀座線・東西線を東京の静脈として春のことぶれ

東京の午前を午後を生きのびて歩みて春は名のみの街区

半村良「およね平吉時穴の道行」に捧げる連句と反歌

月と葦浮いたばかりの土左衛門　　弧人（平吉）

江戸と東京つなぐ時穴

ぬばたまの黒鳶式部身を投げて

小判と雑誌入れちがふ闇

「サテモ穴奇妙也」けり世は明治

天明の花昭和に匂ひ

手鎖の京伝の夢昭和への時空を超えて奇譚結実　藤原龍一郎

わざうた　本歌取りに挑戦

蝶墜ちて大音響の結氷期　富沢赤黄男『天の狼』

蝶墜ちてまた蝶墜ちてノイズまたノイズ絶えざる開戦報道

ちるさくら海あをければ海へちる　高屋窓秋『白い夏野』

散る桜海青きゆえ海に散り召集令状いずこより来る

憲兵の前にて転び特高の前にて転びああ愛国者

憲兵の前で滑って転んぢやった　渡邊白泉『白泉句集』

アガサ・クリスティー・トリビュート短歌

エルキュール・ポワロに

偶然を必然と為す神として男は列車に観光船に

ミス・マープルと田村隆一に

編み棒に謎をほぐしてほほえめば好物は砒素よりもシェリイ酒

アガサ・クリスティーと古今亭志ん生は同年生まれ。

物語りする快楽をわかてども「火焔太鼓」は聞かず過ぎしか

日乗の泡　題詠　東京

靖国の闇ふかくある櫻かな

帝都なるその悲喜あれど英霊も都民もねむるこの空間に

偏奇館跡形もなき春愁や

アークヒルズの裏にまわれば偏奇館跡地荷風の憂愁残る

マンドリン聴こゆる汗の駿河台
トレモロの響きは耳に心地よく古書店街へ行く朔太郎

鈴本の主任《とり》は雲助秋暑し
テンデンバラバラ！・追い出し太鼓ひびく路地　子規・漱石も浮かれたりしか

銀座シネパトス跡地やいわし雲
四丁目交差点超え歌舞伎座は向こうに見えて秋は深むも

ハチ公の顔ずぶぬれの野分かな

キャサリンもキティも過ぎし災厄の戦後史はあり本所・深川

大江戸線汐留駅に風花す

地下深く身を沈めてはなお深き次の地下駅めざす日乗

福岡二年半、東京十二年、大阪四年半、千葉三年、横浜三年、千葉六年半、東京三十二年。これが私の現在までの居住地とその年数ということになる。千葉に二回住んでいるが、一回目は千葉市の幕張、二回目は八千代市なので、場所としての愛着はない。東京も二回だが、どちらも江東区の運河に囲まれた場所で二か所の距離は二キロも離れていない。

　もの心ついたのが東京であることと、母方の実家が何代も前から墨田区の本所で職人をしていたので、やはり、自分の心の故郷、自分にふさわしい居住空間は東京、それも隅田川の東側だと思っている。

　移動手段も一回目の居住時は昭和三十年代だったので、もっぱら都電と都バス。二回目の現在はほぼ地下鉄。これもきわめて都市的な手段ではないかと思う。ちなみに私は自動車運転免許を持っていない。それで不自由しないのが東京の生活である。自慢することでもないけれど、快適な居住空間ではある。

銃後――「明暗」の主題による赤尾兜子俳句とのコラボレーション

音楽漂う岸侵しゆく蛇の飢　赤尾兜子『蛇』

戦争の予感濃くなる夕暮れの窓をかすめて蝙蝠がとぶ

戦どこかに深夜水のむ嬰児立つ　赤尾兜子『虚像』

すでにして開戦を待つ国家にて夕雲赤く帯電したり

瀕死の白鳥古きアジアの菫など　赤尾兜子『歳華集』
向日葵の数限りなく立ち枯れて向日葵畑そのジェノサイド
モニターは百鬼夜行にあらずして最前線へ赴く国防軍
軍の影鯛焼きしぐれてゆくごとし　赤尾兜子『歳華集』

文弱は銃後の街をさまよいぬ恥ずかしながら雨ニモ負ケズ
火を焚くや狼のほろびし話など　赤尾兜子『玄玄』

撃て！

ツイッターなる奔流は日に夜に喜怒哀楽を流し　さえずる

さえずりに濁りもたらす愚かなるヘイト　嫌韓嫌中の愚者

唾棄すべきビジネス右翼連中の不快なる本並ぶ悪夢や

売国奴ならぬ彼奴は愛国奴お題目なる「ニッポンすごい！」

「反抗する者は常に正しい！」そのテーゼわが若き日を支えくれにし

香港に暴力装置威を奮い傘と催涙弾と火焰と
権力に圧される市民、学生にわが分身も居るべしや　撃て！

三十一点鐘

歌の通番は平成の年に対応

1
1月8日
ラジオカーにて新宿をお台場を成田をめぐる平成初日

2
第33回短歌研究新人賞受賞　長女かの子誕生。
三十八歳の新人として受賞してのち四日後にかの子生れたり

3

1月17日　湾岸戦争勃発。

「高田文夫のラジオビバリー昼ズ」ＯＮ　ＡＩＲ最中にて湾岸戦争勃発したる

4

年四回新宿紀伊國屋ホール。

立川藤志楼放送禁止落語会笑いのめして毒こそ至福

5

4月2日　女子プロレス交流戦は終了が24時を超えた。

流血の北斗晶が神取を倒し横浜アリーナ・坩堝

6　7月5日　大谷翔平誕生。

嬰児《みどりご》は水沢に生れ翔平と名づけられしを我は知らざる

7　3月20日

有楽町線新富町駅通過してサリン事件を知らず出社す

8　夕張市ホテル・シューパロ、カウントダウンイベント。

激寒の雪中女子プロレス・カウントダウン明けて夕張市のニューイヤー

9

夕張の雪舞い落ちる夕暮にあれは黒衣のアンナ・カリーナ

ゆうばり国際冒険ファンタスティック映画祭。

10

マハラジャはシネマライズの銀幕に踊るよ踊る踊るマハラジャ

インド映画「ムトゥー・踊るマハラジャ」の日本公開に携わる。

11

Y2K問題対策委員とし会社に泊まり稲荷寿司食む

大晦日

12　4月10日
電話機の前にて仙波龍英は斃れていたり　その死の孤絶

13　8月13日
徹夜明けの目には小泉純一郎靖国参拝の映像映る

14　1月31日
ホモ・ルーデンス大橋巨泉饒舌にかつ潔癖に議員辞職す

15　4月1日

エイプリルフールならざるエニクスとスクエア合併に仰天したり

16　5月30日　東京優駿。

ダービー馬その名はキングカメハメハ「孤独の人」の意とぞ肯く

17　2月8日　ニッポン放送株35%を取得。

ホリエモン・ザ・トリックスター出現し株の魔力で世を惑わすを

18
ニッポン放送からフジテレビジョンに転籍。

リストラの一形式ぞお台場に流され新古今集読むべし

19
SF作家光瀬龍の宇宙年代記の一篇。

光瀬龍「墓碑銘二〇〇七年」の年となりたり　これが未来か

20
扶桑社に執行役員として出向。

早稲田大学文学部文芸科後輩の壹岐さんに退職勧奨なるをなしたる

21　6月13日
下村槐太「死にたれば人きて大根煮き始む」三沢光晴マットに死せり

22　7月1日付でフジテレビジョン視聴者総合センターに異動。
テレビ局の最底辺の最前線視聴者センター勤務愉しき

23　8月21日
かにかくに反フジテレビデモありてお台場に日章旗林立

24
大河ドラマ「平清盛」毎週楽しみに見る。
ARATA改め井浦新が演じたる崇徳上皇に魅かれてやまぬ

25
8月22日
藤圭子自死の夏とぞ記しおく青きコーラの壜は砕けて

26
1982年10月から32年続いた。
「笑っていいとも!グランドフィナーレ」近づきて社内騒然たり、さらばとて

27

視聴者センターにて、連日クレーマーと電話で対話。

フジテレビ陰謀論は満ちあふれネットは腐海果てなき腐海

28

7月26日　障がい者施設やまゆり園で大量殺人。

聖という名をもつゆえに選ばれて殺す男となりたるカオス

29

1月末退職　6月15日　ツイッターを始める。

ディストピアこそ現実と思い知り悪罵ツイートする夜も昼も

30
オーウェルの『一九八四年』が日常と混濁し溶解し我も溶けるを
こんなひどい時代になるとは思わなかった。

*

31
平成最後、最後、最後と鳴りひびく三十一回目の弔鐘ぞ

Ⅲ

寒月光領

街路樹の葉は寒風にちぎられて召集令状のごとく飛び来る

一市民クニヲマモルにうつくしき落日二〇一五年・冬

寒月の蒼き光は銃後なる街のすべてを悼みていたり

愛国のまた憂国のココロザシ風化し朽ちぬネットの闇に

沖縄は独立せよと神々の憤怒のごとく猛き海鳴り

主語不明なれど条文は「スベカラク血ヲ流サザルベカラズ」と記す

大空襲は大空爆と名を変えて三月十日の街を彩る

金閣寺炎上よりも呆気なく東京スカイツリー炎上はある

国破れて山河あらざる沈黙の春夏秋冬、傷・深き傷

昭和二十年春の侘助詠いたる塚本邦雄　春は名のみの

丘の上の愚者《フール・オン・ザ・ヒル》

ニッポンは丘にしあればてっぺんに愚者は居座り日は没するを

花舗に百合あふれ百合の香噎せるほど充満したり雨季の地下街

永遠《とことわ》の梅雨寒なれば良心的徴兵忌避者Aも震えて

飼育せし脱走兵が歌いたる「弾丸《たま》にあたって名誉の戦死」

大石田ニ行キシコトナシ最上川モ見シコトアラズ　我アヤマテリ

首都圏に激しき驟雨　画面にはワイプにぬかれローラの笑顔

またしても「地球の上に朝が来」て川田晴久が歌う平和を

不安その形象として芥川龍之介そのデスマスクあり

ドリアンの腐臭ただよう午後なれば派兵、戦闘、苦戦、玉砕

新国立競技場には屋根ありて雨に濡れざる学徒出陣

花火咲く暗天に咲く　銃火なき最後の夏となるべし、なるぞ

愚者として歴史にのこる選択をなしたき愚者ぞ　ラフレシア満開

沖縄の風雨福島の風雲やイマコソホンドケッセンなるに

花、八月の闇

われらみな殺さるるとも木は二月火は五月花八月の闇　塚本邦雄『青き菊の主題』

韻文をわが武器となし見あげれば積乱雲の翳の濃密

眼前に踏み割られたる卵殻の白き破片の知性の光

腐敗臭はなつシンクに流れ込む反知性主義なる濁り水

東京都現代美術館なれば頽廃藝術展ひらくべし

非戦闘員の死屍《かばね》の累々と視野の限りの向日葵畑

ソノスグ足モトノ水ニハ／コドモノ死ンダ頭ガノゾキ　原民喜「日ノ暮レチカク」

九条の窮状として虚無の花咲く広島に長崎に咲く

それならばいっそ国立競技場跡地に戦没学徒の墓を

疾走する自転車あらばそれを追う軍用ジープありて平和や

官邸の比喩なればこそ狼の巣の狼藉や夜明けの驟雨

頽廃は底深きほど藝術の歓喜を産みてナチズムの夏

神々の黄昏のそのジョークなる全権委任法の嘔吐よ

首都の夜の地下鉄の都市伝説の総統特別電車よ走れ！

本土決戦ネットに叫ぶ軍人のハンドルネーム「芋虫」とあり

画布にまず寒色を塗り塗りたくりそののちの花、八月の闇

雨傘をバットを握りかにかくにレジスタンスとしての詩歌や
独裁者吊るされて死ぬ結末の快哉やあるアニメなれども
窓照らす日雷こそ開戦の報ならざるや漕げよ！マイケル！

宰相の口舌かくもつたなきにかく吐瀉物のごとき暗澹

落陽の空を銀翼一機飛び去りて第三帝国の方

ウタビトの無力は至福金輪際「撃ちてし止まむ」とは詠わぬを

夢魔

月はのぼる紫紺の空に忘れねばわすれねばこそ思はずナチス　塚本邦雄『されど遊星』

若き日の挫折のごとき痛恨のコピー用紙に指切る痛み

出征の夢なるや重き背囊にコンビーフまたオイルサーディン

空気とも同調圧力とも言えどコールタールのごとき腐臭よ

落語「千両みかん」
蜜柑三房もて逐電の番頭の裔かもしれず　シーツに盗汗《ねあせ》

降る雨に学徒出陣思いしが鎮痛剤を胃に流し込む

沈丁花闇に匂えばモノクロの茂吉のウィーン、アドルフの維納《ウィーン》

春寒の駅までの道ナチズムの暗喩となれや腐れ赤茄子

うきよ・うつしゑ

家族写真に心霊写る吉兆をフェイスブックにシェアしていたる

ハードディスクをドリルで壊すポスターの女性議員の勇姿ぞ勇姿

新聞に宰相Aのしたり顔玩具の猿がシンバル叩く

今は亡き堀江しのぶのブロマイド堀江しのぶの永久《とわ》の官能

ミラクルボイス練習したる少年ぞ日光写真の少年ジェット

仁義なきスチール写真銀幕に死に死に生きる松方弘樹

アルバムの一家眷属みな死者に囲まれてわれひとり生き恥

笑う独裁者

春一番それは不吉の風にして戦争の犬たち咆えやまぬ

突風に自転車将棋倒しなし空爆と空襲の差異は何？

湾岸に驟雨きらめきぬばたまの自主規制なる闇のやさしさ

沈丁花匂う闇あり軍服の三島由紀夫が顕つ闇があり

大江戸線地下通路こそ長ければ地上のハルマゲドンを知らず

ルーレット赤に賭ければ赤が勝ちうれしき召集令状の赤

鳥籠にカナリア、鸚鵡のみならず鳩も死にたりこの寒き春

ホームレスかつて浮浪者と呼ばれおりチャップリンかもしれぬ浮浪者

真夜中の地震に揺られ厨房に濃き酢の壜は破壊されたり

闇に浮くビッグサイトはかの夏の強制収容所なるや、開け！

ポスターに不敵に笑う独裁者　地面に病気の顔が浮かぶよ

銀幕に不敵に笑う独裁者　汗拭き熱砂行くはランボー

亀山モデルに不敵に笑う独裁者　「宣戦布告！」するがごとくに

醜聞《スキャンダル》途切れざるままネットには正義と悪意面白きかな

虎ノ門ヒルズは首都に聳えつつ凱旋門にあらざる悲愴

却火

一九四五年三月十日未明なる却火に追われいるはわが母

空襲の猛火地を焼く夢醒めてこの眼前の戦前の日日

ベジタリアンなるやは知らず宰相の食卓に腐りかけの赤茄子

枯草熱いま猖獗をきわめつつ涙滂沱の非国民　われ？

暁の闇に靴音　子ども十字軍ならぬ悲傷の少年国防軍ぞ

ぬばたまの自動筆記は繰り返し記述せりDystopia Tokyo

二〇〇X年某月某日未明なる劫火に首都は燃えていたるや？

誰ガ為

「芸術性を欠く芸術品は、政治上どんなに進歩的であろうと、無力である」毛沢東

モランボン楽団ならずステージにＡＫＢが軍歌を歌う

あの頃は良かった！古舘伊知郎が夜毎ＮＥＷＳを報じいたりき

「ニッポンを取り戻せ！」なる戯れ言を国防色の鸚鵡が叫ぶ

頽廃と紙一重なる軍規にてサスペンダーに軍帽の裸女

おそらくは東京五輪おそらくは聖火は戦火となり炎上す

その夜のありとあらゆる端末に多重露出のゲッベルス出よ！

制服の少年たちが行進すAbejugend　されど幻影

戦争は廊下の奥に立っていて「意志の勝利」もすぐそこにいる

YouTube見れば愛国腹話術「ヒイヅルクニノマスラオガ、イザ」

件名は「御国の福音《エヴァンゲリオン・テス・バシレイアス》」そのメールひらけば八紘一宇　誰ガ為

闇の蜜

熱帯夜なる闇ありてかかる夜は壇蜜も寝苦しくありしか

言霊は悲しかりけりカタカナのキンタローこそカナシケレ、ケレ東京湾上空かの日の空襲のごとく稲妻はしる、走れよ！

お台場を吹く強風にビニールの傘は甲斐なく折れ曲がりたり

国防軍フィクションならぬ明日なるとミルクをまぜる珈琲の渦

微量の毒の蓄積として夜ごと降る東京スカイツリーの電波

街路樹は時勢の風に耐えながら憲法の樹と呼ぶべしあわれ

イベントとしての戦争さえ企画するべし路上は熱波・熱風

オスプレイ駅前広場に着陸し、離陸し去りぬゆえ知らねども

孤立するわが夢にして悔いにして数限りなく咲く向日葵よ

見よ！落下傘　耳元に囁かれ空見あげれば、見よ！落下傘

中央線人身事故に起因する電車遅滞のホームよ　冥府

ビッグサイトやがては野戦病院となるかもしれず、素晴しき哉！

KAMIKAZEは何処より吹く花電車、花ゆりかもめ軌道を走る

落陽の真紅を浴びて凱旋門ならぬ東京ミッドタウンぞ

雑魚キャラもラスボスもみな強ければ廃炉に到る長き長き長き道程

アマゾンに『万葉秀歌』を注文し軍神星《アンタレス》赤き暑き夜なり

遊戯王カードを見れば「宰相」は片手を斜め前に挙げたり

フクシマを忘れることの愚かさを罪とし罰は永久《とわ》の耳鳴り

壇蜜の席捲したる一年を忘れねばこそこの闇の蜜

あとがき

ジョージ・オーウェルの『一九八四年』を読んだのは一九六八年、高校二年の時。早川書房から刊行された世界SF全集の第一回配本の巻だった。

ビッグ・ブラザーという全能の人工頭脳に支配された未来社会。すべての市民の言動は監視され、密告が奨励されて、言論も統制されている究極のディストピアである。

主人公のウインストン・スミスは真理省記録局の局員で、体制に都合の悪い歴史的事実を改竄する仕事をしている。思考警察、二重思考、ニュースピーク、憎悪週間、一斉体操といったガジェットが駆使されて、絶望的な世界構造が記述されて行く。

私がこの本を読んだ一九六八年の時点で、近い未来にこんな統制された社会が実現するとは思えなかったし、人間の知性がそんな社会の成立を許すはずがないと信じていた。

それから五十年強経っての現在、どうやらその確信はゆらいでいる。「戦争は平和なり／自由は隷従なり／無知は力なり」との不快なフレーズが頭の中に浮かんでは消えている。

私の短歌は2＋2＝4であると、あくまで主張し得ているであろうか。

二〇二〇年一月十八日

藤原龍一郎

初出一覧

Ⅰ

2020　「現代短歌新聞」二〇一七年五月号
愚者の方舟　「短歌」二〇一七年五月号
亡國　「NANIWA」三十七号　二〇一七年五月
悪霊　「うた新聞」二〇一七年八月号
デスペレート　「綺羅」四十四号　二〇一八年七月
まつろわぬ　「短歌研究」二〇一七年五月号
キッチュ　「短歌往来」二〇一九年五月号
ビッグ・ブラザーより愛をこめて　「短歌往来」二〇一七年十月号
カミノクニ　「歌壇」二〇一七年十二月号

Ⅱ

Good Afternoon TOKYO　「短歌研究」二〇一九年六月号
女囚さそり　「短歌往来」二〇一八年八月号

昭和三十二年　「短歌人」二〇〇九年七月号＋「うた新聞」二〇一五年五月号
昭和三十四年　「短歌」二〇一八年六月号
父の宿題　「短歌研究」二〇一八年五月号
しおかぜ橋　「短歌往来」二〇一七年四月号
untitled　「現代短歌」二〇一八年五月号
春来る鬼　「俳句四季」二〇一六年二月号
半村良「およね平吉時穴の道行」に捧げる連句と反歌
「ＳＦハガジン」一〇〇号　二〇一八年七月
わざうた　「歌壇」二〇一七年七月号
アガサ・クリスティー・トリビュート短歌
「ハヤカワ　ミステリマガジン」二〇一七年三月号
日乗の泡　「現代短歌」二〇一五年十一月号
銃後　「はるもにあ」四十七号　二〇一四年十月
撃て！　「短歌」二〇二〇年一月号
三十一点鐘　「短歌研究」二〇一八年六月号

Ⅲ

寒月光領　「短歌」二〇一五年二月号
丘の上の愚者《フール・オン・ザ・ヒル》　「短歌往来」二〇一五年九月号

花、八月の闇　「短歌研究」二〇一五年九月号
夢魔　「短歌研究」二〇一五年五月号
うきよ・うつしゑ　「現代短歌」二〇一五年七月号
笑う独裁者　「短歌人」二〇一六年四月号
劫火　「短歌研究」二〇一六年五月号
誰ガ為　「短歌」二〇一六年三月号
闇の蜜　「歌壇」二〇一三年九月号

202X

2020年 3 月11日 初版発行
2020年 8 月23日 2 刷発行

著 者――藤原龍一郎

発行者――宇田川寛之

発行所――六花書林
〒170-0005
東京都豊島区南大塚 3 - 24 - 10 - 1 A
電 話 03-5949-6307
FAX 03-6912-7595

発売――開発社
〒103-0023
東京都中央区日本橋本町 1 - 4 - 9 ミヤギ日本橋ビル 8 階
電 話 03-5205-0211
FAX 03-5205-2516

印刷――相良整版印刷

製本――仲佐製本

ISBN978-4-910181-02-8 C0092